사프란 블루

푸른향기 시인선 001

사
프
란
블
루

초판1쇄 2016년 10월 28일
지 은 이 한효정
펴 낸 곳 도서출판 푸른향기
디 자 인 화목

출판등록 2004년 9월 16일 제 320-2004-54호
주　　소 서울 영등포구 선유로 43가길 24 거성파스텔 104-1002 / 150-932
이 메 일 prunbook@naver.com
전화번호 02-2671-5663
팩　　스 02-2671-5662
홈페이지 prunbook.blog.me | facebook.com/prunbook | instagram.com/prunbook

978-89-6782-045-9 03810
ⓒ 한효정, 2016, Printed in Korea

값 9,500원

사프란블루

한효정 시집

푸른향기 시인선 001

푸른향기

오늘도 나는 꽃과 나비로 밑을 닦았다

당신의 밑을 닦아주는 것도 세상의 밑을 닦아주는 것도

꽃과 나비가 될 것이다

그런데 꽃과 나비의 밑은 누가 닦아주지?

2016년 가을

한효정

2부

3부

4부

1부

Hungry Eye 1

당신은 햇반을 사러 나갔어요

신호등 앞에서 기다리는 동안

노란 원피스를 입은 여자와 눈이 마주쳤겠지요

녹색등이 켜지고 쿰쿰거리며

당신과 여자가 길을 건너요

그녀도 배가 고팠을까요

김이 모락모락 나는 밥 냄새를 혹은

따뜻한 살 냄새를 맡고 싶었을까요

강에서 헤엄치던 거위들은

뭍으로 나와 목을 한껏 늘리고

뛰거나 걷고 있겠지요

어둑해지는 하늘에 고봉밥 같은 달이 떠올라요

쉴 새 없이 달려온 강물은

달을 삼키고 또 삼켜요

미루나무가 이파리를 뒤집으며

바람을 떠먹고 있어요

당신은 아직 돌아오지 않고

뱃속이 자꾸만 꾸르륵거려요

국수 생각

지구 반대편에서 전화한 그녀는 국수가 먹고 싶다며
면을 사서 보내줄 수 있냐고 물었다

국수 생각이 간절해진 나는
무 다시마 마른표고를 우려 국물을 만들고 국수를 삶는다

어릴 적 밤늦게 돌아온 엄마의 손엔 불어터진 국수 봉지
가 들려 있었다
엄마가 비벼준 국수를 먹고 우리는
국수 가락처럼 엉켜 잠들었다 그날은
높은 곳에서 떨어지는 꿈도
칼을 든 남자에게 쫓기는 꿈도 꾸지 않았다

쫄깃한 국수를 건져 올리다가 그녀를 떠올린다
이국 여자와 눈 맞아 집 나간 아들
그 아들을 찾아다니다 죽은 남편
이산離散의 내력을 가진 가계

창밖 문 닫힌 음반가게 앞에서 한 여자가 훌라후프를 돌

리고 있다

　어제도 오늘도 훌라후프를 돌리는 여자

　앞으로 자동차들이 흙탕물을 튀기며 지나간다

　흙물을 뒤집어 쓴 여자는 표정이 없다

　여자가 훌라후프를 돌리는 동안

　지구의 허리가 가늘어진다

　도시 외곽으로 쫓겨나 연락이 끊긴 그녀의 어머니도

　어느 허름한 집에서 새하얀 국수를 삶고 있을 것이다

달의 터널을 지나고 있었다

저수지에서 건져 올린
하얀 운동화

개구리 울음소리
목탁소리

눈을 부릅뜨고 일어선
날 선 기억들
터널을 지나고 있었을 뿐인데

밤마다 잠든 머리맡에 와서
달싹거리던 입술
달의 숨겨진 반쪽 같은

네가 떠난 후에도 누군가
소리 없이 사라지곤 했다

너는 그곳에 서 있고
나는 이곳을 살아내느라

한번도 부둥켜안지 못한

터널을 빠져나오는데
달 없는 하늘에서
축축한 것이 내리고 있었다

경칩

뱀을 생식하다 입원한 환자가
입덧을 시작한 임산부처럼 웩웩거렸다

기생충을 가진 개구리를 잡아먹은 뱀을 잡아먹은 사람을
잡아먹은 기생충

간밤에 여자를 만졌을 손가락으로
담배를 빨고 있는 남자 옆을 지날 때
세상의 냄새들이 몰려와 코를 찌를 때

공갈빵 속에 갇힌 공기방울들
압력솥 안에서 끓고 있는 쌀알들

담배를 물고 있던 남자와 한 이불 속에 누워있는 꿈을 꾸
었다
그는 내가 사랑한 너를 사랑한 여자를 사랑한 남자일지도
몰라

간밤엔 미친 듯이

눈발이 날렸고

아침이 되자

녹아 사라졌다

꿈이 깨면 내통의 흔적도 지워질까

겨울에 먹은 알탕이 부화되어

나를 찢고 나오려 한다

빵을 굽는 아침

토끼가 풀썩거리며 건너는 숲은 원래 물이었을까
나무에서 노래하는 새를 나뭇잎이 노래한다고 할까
무엇을 태우면 새털구름을 얻을 수 있을까

오븐 속에서 빵이 부풀어 오른다

나는 빈 컵의 물을 마시고
빈 숟가락을 달그락거리고
빈 집의 먼지를 털어낸다

햇살이 바삭거리는 방에서 눈을 뜬 당신은
말랑한 빵으로 아침식사를 하고
면도자국을 쓰다듬으며 집을 나설 것이다

오븐 속 빵이 노릇하게 익어가고
햇살 부스러기가 손등을 간질일 때
당신은 메일함을 열고 있을 것이다

빵 냄새가 빈 집을 가득 채운다

>

당신에게는 아무 일도 일어나지 않을 것이다

보낸 메일이 발송 취소되었으므로

시치미 떼다

호두과자 속에 땅콩이 들어 있고
땅콩과자 속에 호두가 들어 있으면 어때
땅콩과 호두 속에 깃발을 꽂으면 어때

마음 한 조각 훔치는 일이 방을 훔치거나
눈물을 훔치는 일과 뭐가 달라 누구나
말 못할 사연 하나씩은 가슴에 품고 살잖아

처음 본 냉이꽃처럼 당신을 몰라보면 어때
어제 만난 사람처럼 명랑하게 하하 호호
허물없이 굴면 어때

오렌지를 거북이라 하고,
거북이를 슬픔이라 하면 어때
거북이 껍질 벗겨먹고 슬픔이랑 겨루어볼까

개똥밭을 걷고 걸어 발이 닳고
종아리가 닳아 몸통만 남으면 어때
그땐 두 손이 발이 되도록 빌어야지

\>

여기가 바닥이라고 엎드려 울면 뭐해

냉이꽃 한 송이도 바닥을 뚫고 나오는 걸

당신과 내가 앉은 자리는 꽃들이 눈물 훔치는 자리

견디는 거지 궁둥이를 견디는 변기처럼 지긋지긋하게

흰 고양이, 하필 너였을까

까악까악 새소리가 들려왔다 벚나무였다 꽃도 이파리도
없는 까치였다 나무 주변을 맴돌며 발톱 세운 울음을 우는
아니 흰 고양이였다 나뭇가지에 사뿐히 올라앉은

당신이 떠나고 앙드레가 왔다 앙드레는 달콤한 혀를 가지
고 있었다 앙드레가 떠나고 처치가 왔다 처치는 그네를 밀
어주겠다고 했다 처치가 떠나고 마노스가 왔다 그는 말랑
한 심장을 가졌다

고양이는 이른 아침 집을 나와 자동차들이 질주하는 서부
간선로를 건너고 수많은 벚나무 중에서 하필 그 나무에 올
랐다 개미가 오르고 자벌레가 오르고 오늘은 까치가 지키
고 있는

마노스가 떠나고 윌리가 오고 당신이 왔다 윌리는 세상의
끝을 보여주겠다고 했다 당신은 무덤을 만들어주었다 나는
수많은 당신들 중에서 만우절에 사랑해 라고 말해도 믿어
주는 당신을 원한다

>

　어디로 튈지 모르는 손톱처럼 고양이는 눈을 굴리고 꽃망
울들 숨죽여 지켜보는 봄 햇살 쏟아지는 아침 까치는 여전
히 나무 주위를 맴돌고 가지 끝에 웅크린 고양이는 올라가
지도 내려오지도 못한 채

안경알이 빠지듯

길을 걷다가 갑자기 눈알이 빠져
데굴데굴 길가에 구른다면 어떨까
팔다리 중 하나가 쑤욱 빠진다면?
오늘 아침 빙판길에서 꽈당 넘어진
중년의 여자처럼 큰 대자로 눕게 될까
눈알이 빠졌어요 뒤따라오던 누군가가
눈알을 주워 건네면 다시 끼워 넣을까
이건 제 눈이 아니랍니다 하고
가던 길을 계속 가게 될까
나는 왜 당신을 버렸을까
더 이상 소용없어진 눈이나 팔다리
하나쯤 떼어내는 일로 생각했을까
위층에서 흘러나오는 찬송가 소리
빠진 안경알을 끼워 넣는 일이 내겐
차례나 예배보다도 경건한 일
명절을 지내러 간 아이들은 돌아오지 않고
당신과 함께 앉았던 식탁에 혼자 앉아
안경알을 맞추려 안간힘을 쓰는 아침
멀리 있는 당신이 손가락 하나 까딱하지 않고

앙갚음하는 이 흐릿하고 아린 환상통

깃털 하나

선유도역 5번 출구와 파리바게트 사이
보도블록 위에 비둘기 한 마리
깃털을 잔뜩 부풀린 채 앉아 있다

알을 낳고 있는 듯
알을 품고 있는 듯

부리에 물고 있는 작고 하얀 깃털이 가늘게 떨린다
고통쯤이야 깃털 하나만큼 가벼운 거라고
지금이야말로 몰두할 순간이라고

오븐 속에서는 빵이 부풀어 오르고
지하철이 달려와 배고픈 연인들을 쏟아놓는다
계단이 자라고 연인들이 자란다

생은 깃털처럼 날아가 버리기 쉬운 것이어서
내일이면 감쪽같이 사라질지라도
새롭게 꽃피우려는 것들을 막을 수는 없는 일

\>

둥근 몸속에 품은 것이

보도블록 사이의 민들레인지 누군가의 씨앗인지

궁리하듯 새는 깃털 하나 물고 앉아

수박씨만 한 눈을 골똘히 굴리고 있다

시베리아 횡단열차

모스크바에서 블라디보스토크까지
꼬박 엿새가 걸린다는 시베리아 횡단열차에
당신과 마주앉아 여행하는 꿈을 꾸네 그것은
새벽 네 시의 별똥별처럼 차갑고 아름다운 약속
처음 만난 우리는 서먹하게 인사를 나누고
차창 속으로 비치는 서로를 훔쳐보다가 말문을 트겠지
나는 당신 눈 속에 고독하게 들어앉은 여자를 시샘해서
종일 해바라기 씨를 우물거리는 옆자리의 러시아 사내와
보드카를 나눠 마시기도 하겠네
가도 가도 끝이 보이지 않는 땅, 기차가 멈출 때마다
뚱뚱한 러시아 여인들이 내미는 갓 구운 흑빵을 사고
밤이면 설원 위로 쏟아지는 별들을 졸린 눈으로 구경하다가
슬리핑백의 지퍼를 올려주는 당신에게 눈인사를 하고
해가 뜨면 부스스한 얼굴로 일어나 안녕?
칸칸마다 들어찬 숨소리와 냄새에 익숙해질 무렵
기차는 이르쿠츠크에 당도하겠지
우리는 기차에서 내려 손을 잡고
세상에서 가장 깊고 차갑고 푸른 바이칼 호수에 사는
반투명 물고기 골로미얀카를 보러 가야지

호수에 몸을 담그면 우리도 투명해질지 몰라

당신은 내 속을 훤히 들여다보고, 나는 당신의… 큭큭

그것은 꿈결처럼 아득하고 달콤하기만 한 일이어서

마치 저 세상의 일인 듯 느껴지네

어쩌면 그곳은 우리가 시작된 곳

내 아버지의 아버지가, 당신 어머니의 어머니가 살았던 곳

어느 생에서 자작나무와 한 송이 눈으로 만났을지도 모르는

당신과 나는 횡단열차의 낡은 의자에 앉아

덜컹거리며 생의 허리를 가로지르겠네

종착역은 가까워오고 우린 여전히 서로를 모르는 채

둥글어지다

당신 곁에 앉아 당신을 보는 것은
둥글어지는 몸을 지켜보는 일
당신을 어루만져 둥글게 만들고 있는
물과 불과 흙과 바람의 손

당신은 둥글어지고
또 다시 둥글어져서
정월 대보름달처럼 밝아져서

고추밭과 상추밭 사이의 이랑을
절뚝이며 걸어갈 때
오래 전 가슴에 묻은 딸의 얼굴이
반으로 갈랐던 심장뼈 사이로 파고들 때

달맞이꽃 툭툭 피어나는 밤
떠나간 아이의 손을 붙잡고
찬이슬 맞으며 쏘다니는 꿈을 꾸다가

전화벨 소리에도 깜짝깜짝

공벌레처럼 움츠러들어
또 둥글어지고, 무엇보다도
둥글어지고 싶어 하고

당신 곁에 앉아 당신을 보는 것은
당신을 자꾸만 둥글게 만드는
작고 슬픈 힘을
막을 힘이 내겐 없어 동동거리는

* 이영광 「작아지는 몸」 풍으로

노인과 장미의 진실

해가 뉘엿거리는 십일월 오후
느릿느릿 운동하는 맨발의 노인 옆으로
붉은 장미가 피어 있어요

핏기 없는 입술 피어오르는 검버섯
공원 구석에서 시들어가는 것이
다른 시들어가는 것을 흘깃거리고 있어요

피어 있는 것이 아니라 지지 못하는 거예요
오늘의 장미는 어제의 장미가 될 수 없어요
오월의 향기는 되돌릴 수 없고
발은 다시 뜨거워지지 않아요

이제 곧 눈썹 위로 흰 눈이 내려앉고
노인은 눈을 털어내며 시린 발로 걷겠지요
발밑으로 뼈마디들 갈라지는 소리
두 귀는 몸의 소리를 삼킨 지 오래

아름다운 것들은 일찍 시들어야 더 눈부시다구요?

아니에요 제 바닥을 들여다보기 위해 장미는

벌레 먹은 꽃잎을 팔랑이며 짐짓

늑장을 피우고 있는 거예요

모독

당신이 보고 있는 달은 일 초 전의 달
당신 앞의 태양은 팔 분 전의 태양
휴일 아침부터 전화하는 사람은 노망을 로망으로 읽는 사람

절집의 공양미가 고양이로 보이고 성북행 전철이 성폭행
전철로 보여요 니체를 나체로 하얀 설탕을 야한 설탕으로 읽
어요 정수기 수리를 정수리 수리로 차를 바꾸고 싶다를 처를
바꾸고 싶다로 이발하고 돌아가는 길이라는 당신의 문자를
이별하고 돌아가는 길로 읽고 열변을 토하다를 열번을 토하
다로 읽어요

오독의 내면에는 의뭉한 마음이 들어 있어서
나는 신기루 같은 당신을 시름시름 앓다가
죽이야기라는 간판이 마침내 죽어야지로 보일 때
장미의 속도로 감정을 잃어가요

사라지고 나서야 간절한

허리 꺾어 인사하는 우편집배원은
이삼일에 한 번씩 다녀가지

너는 어디에도 없어
골목 끝에도 없고
두 블록을 걸어도 보이지 않아

오토바이에 실려 가는 빨간 피자배달박스도
빨간 중국집 간판도 다 너로 보여
모퉁이를 돌면 있을까

같은 방향으로 돌고 있는지도 몰라 우리는
조금 앞서거나 조금 뒤처져서

저물녘 나는
부치지 못한 손편지를 들고 서서

말복

젖은 이불 같은 몸을 일으켜 일하러 가는 길

누가 허공에 대고 재채기를 했을까
지는 해의 목구멍이 발갛게 부어올랐다

이 저녁
누군가 앓고 있다
누군가 삶아지고 있다
피를 토하듯 마지막 울음을 울고 있다

압력솥처럼 펄펄 끓는 이마를 찢고
누군가 튀어나오려 한다

2부

두 번째 송어를 발라먹고 있을 때

창가 테이블에 혼자 앉아 송어를 먹는다 등 뒤로 젊은 커플이 마주앉아 소곤거리는 소리 잘 구워진 송어 살은 부드럽고 고소하다 차츰 목소리가 높아진다 내가 두 번째 송어의 배를 가르는 순간 여자가 자리를 박차고 일어나 밖으로 뛰쳐나간다 나는 포크와 나이프를 달그락거리며 접시 위의 송어를 발라낸다 잠시 후 남자가 의자를 밀치고 나가는 소리 조용한 식당엔 뼈만 남은 접시와 나만 남았다

서로의 살을 다 발라먹고
앙상한 뼈만 남았을 때
안 들려 안 들려
당신과 나는 서로의 귀를 틀어막은 채
들리지 않는다고 외치고 있었다

사과는 다르다

한 알의 사과를 익게 하는 건
태양의 눈길과 바람의 손길

당신은 도톰하고 붉은 쪽의 사과를 나에게 건넸다

나는 같은 양의 햇살과 입김을 주지 못했다
사랑은 어느 한쪽이 기울기 마련이어서
설익은 것은 설익어서 서럽고
붉은 것은 붉어서 부끄럽다

날마다 새로운 길이 생겨났으나
당신에게로 가는 길은 비상등이 깜박였다
사랑의 쓸모는 단숨에 찾아낸 길 위에 있지 않았다
가장 오래 기억되는 것은
좌회전 우회전 유턴을 거듭하며 찾아낸 길
대칭이 될 수 없는 연애

벼랑 끝에서
당신의 그림자와 내 그림자가 포개질 때

나는 손을 놓는다

당신은 떨어진다

사과의 속도로

햇살에 익어가는 당신의 반쪽

멍게를 켜다

　혼자 먹는 멍게는 쓰기만 해요 울퉁불퉁한 투구 속에 감
춰둔 속살이 겨우 쓴맛이라니 제 얼굴이 무기인 줄 모르고
붉은 캔들처럼 접시 위에 놓여 있어요 그 말랑한 속살에 불
을 붙이고 싶어요

　불붙은 멍게를 먹고 붉은 돌기를 가진 아기를 낳겠어요
달큼쌉싸름한 나의 새끼들은 추락하는 일을 두려워하지 않
아요 높은 곳에서 떨어져도 혼절하지 않을 거예요 두개골
이 깨질 염려도 없어요

　엄마는 나에게 불조심을 하라고 했어요 아침마다 촛불을
켜는 딸이 위태로워 보였나 봐요 봄비에 속옷이 먼저 젖는
저녁이에요 불을 끄는 봄비 아니 불을 확확 지르는 휘발유
같은 봄비예요 멍게는 자꾸만 나를 삼키려 하고요

석류를 먹으며

손가락과 잇속이 붉어지도록 석류 알을 파먹었어요 오늘 저녁을 빨갛게 물들이지 않으면 내일 아침 태양이 뜨지 않을 거라고 믿는 사람처럼요 칸칸이 들어앉은 석류 알들은 먹어도 먹어도 갈증이 나요 오래 전 바라나시의 화장터 옆에서 먹었던 석류는 입속을 석양빛으로 물들이던 그때의 석류는 왜 그리도 상큼하고 달콤하던지요 열매의 궁극은 단단한 껍질 속에서 단 이슬을 그러모으는 시간으로 완성되지요 여기저기 튕겨나가고 흩어지는 석류 알들 내게서 튕겨나간 당신들을 주워 담지 않아요 드라이플라워처럼 건조해진 당신들은 조갈을 해소해주지 못해요 맞아요 나도 석류가 되어가고 있어요 꼭지는 말라붙고 껍질은 소가죽처럼 질겨요 더 이상 싱싱하지도 달콤하지도 않지만 마지막 알갱이 하나 과즙 한 방울까지도 스스로에게 파 먹이는 일을 포기하지 않을 거예요 최후의 그날이 오면 오늘의 석류가 더 붉고 관능적이었다고 회상하겠지요

입김

서리 내린 날 아침 꼬리곰탕집 앞
버려진 뼈다귀 봉지에서 김이 피어오른다

폭풍이 몰아치던 날 자다 깬 밤
개다리소반 위에 놓인 부엌칼
잘려나간 것은 바람의 꼬리

그날 이후 당신은
떠도는 일을 멈추고
입속의 말들을 모두 삼켰다

어쩌다 성난 소처럼 콧구멍으로 더운 김을 푹푹 내보낼 뿐
당신의 쓸모는 밥을 벌어들일 때만 유효했다

살점은 떨어져나간 지 오래
반질반질하다 못해 구멍 숭숭 뚫린
뼈
그 뽀얀 국물을 입으로 후후 불어가며 마셨다

\>

펄펄 끓는 가마솥에서 건져낸

당신

더 이상 우려낼 것 없는

시린 하늘을 보니 눈물이 나?

엉덩이에 들러붙는 파리를 쫓지 않아도 되니 후련해?

토란

　이 토란은 말이여 비닐장갑을 끼고 긁어야 혀 그러지 않으면 손이 근질근질헌 것이 꼭 이가 돌아댕기는 것 같당게 너는 만지지 말어 나 혼자 헐텡께 옛날에 우리 집에 들락거리던 정심이 아자씨 있자녀 그 아자씨는 아줌니 돌아가시고도 다 지 손으로 제삿밥 해놓고 추석이면 토란을 긁어서 토란국을 끓이곤 허지 않았겄냐 인물 좋고 솜씨 좋은 정심이 아자씨도 여자 문제로 마누라 속 좀 썩였지 직장 일로 요정에 들락거리다가 여자를 하나 알었는디 그것도 다 사람이 좋아서 그런 거여 왜 이리도 간지럽다냐 요놈의 토란은

　정심이 아자씨가 어느 날 요정에서 술을 마시다가 변소간을 가는디 어느 방에서 끙끙거리는 소리가 나더란다 예삿소리가 아니라 문을 열어보니 요정 아가씨가 배를 움켜쥐고 온 방을 구르고 있더라지 뭐냐 정심이 아자씨는 그 길로 아가씨를 들쳐 업고 병원으로 뛰었더라지 그 불쌍헌 여자 하마트면 죽을 뻔혔는디 정심이 아자씨 덕분에 살았으니 월매나 고마웠겄냐 생명의 은인으로 생각허고 잘 혔을 터이고 정심이 아자씨도 이따금씩 돌봐주다 보니 남녀간에 정이 안 들겄냐 잉 그 여자 알토란처럼 하얗고 이뻤단디 그

러다 덜컥 애가 생긴 거여 나중에사 정십이 아자씨 마누라
가 그 사실을 알고는 길길이 날뛰다 갓난쟁이 하나 낳아 놓
고는 집을 나가버렸지 뭐여

　이 토란은 구찮으면 그냥 삶어먹어도 돼야 감자처럼 포근
포근헝게 소금을 찍어 먹으면 그만이여 그 후 아줌니 먼저
죽고 정십이 아자씨가 두 마누라헌티서 얻은 새끼들을 키
웠는디 어쩌나 자상허게 돌보는지 눈물이 날 정도여 눈에
넣어도 안 아플 새끼들이잖어 왜 작은 마누라헌티서 낳은
딸이 너랑 동갑내기 아니더냐 그 딸도 지 에밀 닮아 살결이
포얀 게 이쁘게 안 생겼더냐 근디 왜 이리도 가렵다냐 정십
이 아자씨도 귀가 가렵겄다 잉

콜라비

어느 날 순무가 희고 펑퍼짐한 양배추의 엉덩이를 보고 후끈 달아올랐다 양배추는 누구도 들어올 수 없도록 저를 겹겹이 싸매고 있었다 순무는 혼자 끙끙 앓다가 솜씨 좋은 농부를 찾아가 도움을 청했다 농부는 가짜 양배추를 만들어 그 속으로 순무를 들어가게 했다 양배추는 가짜 양배추를 사랑해 아기를 낳았는데 이 아기가 바로 콜라비다

세일 중인 제주산 콜라비를 사서
한 개를 깎아 먹었다
순무도 아닌 것이
양배추도 아닌 것이
순무양배추라고도 하는
뿌리도 아니고 이파리도 아닌
순무이면서 양배추인 것이
너이면서 나이고
나이면서 너인 나를 꼭 닮았다
어느 가짜에서 나온 씨앗인가 나는

감자탕

　감자탕 집에 낯익은 남자가 있었다 낯선 여자와 마주앉아 감자탕을 먹고 있었다 남자는 여자에게 뼈를 발라주며 웃었다 살 많은 뼈를 여자의 그릇에 담아주고 여자가 먹다 남긴 뼈를 혀로 속속들이 훑어 내리며 여자에게 감자를 건져주었다 그는 낯선 남자가 되었다 나는 오래 끓여 흐물해진 감자탕 속으로 뛰어들었다 이내 살이 다 발린 채 뼈까지 쪽쪽 빨아 먹힌 뼈다귀가 빈 통 속으로 던져졌다

가자미들

사람들이 마을버스를 기다리며 서 있다
한쪽으로 쏠린 눈들

앞집 노총각은 늦은 저녁
술에 취해 가로등을 애인처럼 껴안고 있었다
어느 새벽에는 현관 앞에 허물어져 있기도 했다
나를 모르는 척해줘

당뇨로 실명한 아주머니는
데이케어센터에서 하루를 보낸다
당신이 숨을 쉬는 시간은 내가 숨을 멈추는 시간
나를 케어해줘

십일 층 아가씨는 고개를 숙이고 걷는다
어느 날 멈춰 선 엘리베이터
그 검은 심연에 옹크리고 있던 그녀
나를 꺼내줘

가장 힘든 것은 바다 맨 밑에 있을 때야

다시 올라와야 할 이유를 찾아야 하거든*

그들은 우리 식구가 줄어든 것을 눈치 채지 못한다
묻지 말아줘 제발

* 영화 「그랑 블루」

굴비들

  퇴근 무렵, 신도림역 2번 출구에서 늙은 아낙이 굴비를 팔고 있었다 함박 속 굴비들은 말라붙은 눈으로 지하철 개찰구를 빠져나오는 굴비들을 바라보았다 종일 상사에게 지청구를 듣던 굴비와 발이 퉁퉁 붓도록 매장에 서서 손님의 눈길을 따라가던 굴비 하루 동안 절여질 대로 절여진 굴비들이 아낙의 함박 속으로 걸어 들어가 몸을 포개고 누웠다 굴비굴비굴비굴…비 아낙의 손이 재빠르게 굴비들을 엮었다 고단한 몸들이 서로 엉켜있는 방은 따뜻했다 나를 팔기 위해 허리를 굽히지 않아도 되는, 세상에서 가장 아늑한 시간 가물가물 잠 속으로 빠져들던 굴비들은 딱딱해진 몸을 풀고 비늘을 세운 채 지하 터널을 지났다 바다가 열렸다 투명한 비늘을 반짝이며 그들은 바다로 헤엄쳐갔다

진달래 화전

어미는 진달래 화전을 부치고 있다
둥근 몸에서 뻗어 나온 갈퀴손이
덜 익은 딸을
세상 밖으로 내보낼 때처럼 분주하다

딸에게 꽃전을 먹인다
더는 시들지 말라고 어미는 자꾸만
연분홍 살점을 떼어 먹인다

껍질만 남은 어미가 꽃그늘 속으로 들어간다
화르르 붉은 꽃잎이 쏟아진다
쉰 살의 딸아이는 꽃전을 먹으며 어미 뒤를 따라간다

울렁울렁 꽃 멀미가 난다

국 없는 나라

마누라 내장탕
할머니 뼈다귀 해장국
장모님 산채 비빔밥

소머리국밥으로도 모자라
마누라와 할머니와 장모님을
말아 먹는 게 좋아?
산채로 먹는 게 좋아?

국물 없이는 밥을 못 먹는 작은아이가
매번 국을 남기는 큰아이에게
언닌 국 없는 나라에 살면 되겠네

소를 먹고
개를 먹고
비명을 먹다가

냉동고에서 토막 난 팔다리가 얼어가는
언 땅을 파면 백골이 된 아이가 웃고 있는

나라, 슬픔이 뚱뚱해지는

창밖으로 개밥바라기별 하나

눈을 댕글거리며

눈을 댕글거리며

아이가 남긴 국밥을 넘보고 있다

스며들다

늦은 김장을 했다
갖은 양념을 넣어 버무린 배추를 김치통에 듬성듬성 채워
넣는데
어머니의 말씀

꾹꾹 눌러줘라
김치도 지들끼리 몸을 비비고 있어야 정이 들어 맛이 나는
거란다

평상만한 방에서 아홉 식구가 한 이불을 덮고 자던 어린 날
밤새 칡넝쿨처럼 엉켜있던 다리들이 아침이면 한 뼘씩 자
라 있었고
누가 보듬어주지 않아도 우리는
바닷가의 돌멩이들처럼 동글동글해졌다

젓갈냄새와 고기냄새가 스며든 저녁
온 식구가 둘러 앉아 햇김치에 수육을 싸서 먹는다

양념에 버무려진 배추들이 몸을 비비며 서로에게 정드는

사이

맵고 짠 세상의 놀이터에서 돌아온 아들딸들이

숟가락을 부딪쳐가며 밥을 먹는다

레몬차

열이 오르며 몸살이 왔다
뜨거운 레몬차를 마시고
깊은 잠에 든다

스물두 살에 죽은 동생이 왔다
머리를 새로 한 동생이
현관문을 열고 들어설 때
왜 이제야 왔니?

그곳에도 열꽃 같은 저녁이 오지만
누군가를 기다리며 밤새 뒤척여도
머리카락이 세지 않고
슬퍼도 늙지 않는다고
늙어도 울지 않는다고

말하는 동생의 손을 잡고
그 흠집 없는 세상으로
한 발을 내딛으려 할 때
코끝을 스치는 레몬 향기

>

베개 위로 땀이 흥건하고

거짓말처럼 열이 내렸다

가장家長

그가 딸들에게 새우를 구워주고 있다
뜨거운 프라이팬 위에서 허리가 꺾인다
수면 위로 튀어 오르던 햇살
수없이 조아리던 머리
감추고 살아온 꼬리
그물을 피해 달아나던 발들이 거두어지고
얇은 갑옷 속에서 나온
한 점 꽃잎 같은 살이
딸들의 입으로 들어간다
먹어도 먹어도 배고픈 딸들은
분홍으로 물 든 손가락을 쪽쪽 빨고
그가 있던 자리에 껍질만 수북하다

3부

입동

십일월의 구름은 깃털을 닮아 있다

한 사내가 강가에 서 있다

차가운 물방울이 뺨을 스치고 지나갔으나

비는 내리지 않았다

그는 호주머니 속에 빈손을 감추고 있다

어쩌면 깃털인지도 모른다

후욱 불면 꽃으로 변하고

비둘기로 변하는 오리는

쉽게 물 밖으로 나오지 않았다

한 끼 식사를 위해

어제보다 더 오래

숨을 참고 있을 것이다

사내는 강물을 내려다본다

오리보다 더 오랫동안

검은 강물 위로 가랑잎들만 떠다녔다

맨발들

저녁이 되자 대학로는 더 뜨거워졌다
사람들은 도덕교과서처럼 길을 건넜다
새 신발 속에서 매미가 울었다
원조감자탕 집 문이 열리고 닫힐 때마다
후끈한 바람이 들어와 술잔을 넘어뜨렸다
당신은 삶이 무료해서 백구두를 사고
사형제 폐지 캠페인에 참가했다고 했다
복숭아를 한 입 베어 물자
반쪽짜리 벌레가 나왔다
혜화역 2번 출구의 사내는 꽃을 다 팔지 못했다
시든 장미 다발을 안고 지하철을 탔다
당산철교를 건너고 있을 때 휴대폰이 울렸다
난 물개를 만나러 브루니 섬에 갈 거예요
우리는 서로 다른 페이지에 있는 사람들
장미 가시가 가슴을 찔렀다
문래역에서 내려 지상으로 올라왔다
한 손엔 신발을, 다른 손엔 장미꽃을 들고
아직 뜨거운 지구 위를 걷기 시작했다
꽃잎들이 발밑에서 꿈틀거렸다

고양이 한 마리 불룩한 배를 끌며 따라왔다

사프란블루

포도넝쿨이 지붕을 이루는 골목길 오래된 집들 사이로
흑자줏빛 포도송이가 익어가는 그곳으로 가겠네
헐렁한 터키 셔츠를 입고 골목 안 가게들을 기웃거리다
유리를 세공하는 가늘고 긴 손가락에 반해 와인을 청하겠네
당신의 뺨이 노을빛이 되어갈 무렵
하룻밤 재워주겠느냐고 조심스럽게 묻겠네
상처한, 상처받은 사람이라면 더욱 좋겠네
나는 당신의 손을 잡고 삐걱거리는 나무계단을 올라가
당신이 나고 자란 침대에서 당신을 품어주겠네
낙타 냄새가 나는 영혼, 어쩌면 당신의 할아버지는
내 할아버지의 할아버지는 사하라사막을 건너온 상인이었
는지도 몰라
나는 푸른 눈알의 유리반지를 끼고
당신의 여자가 되겠네 아침이면 마당에서
사프란 꽃잎을 뜯는 거북이를 바라보다가
햇살과 바람에 빨래가 말라가는 것을 보다가 졸다가
심심한 오후가 되면 참깨를 듬뿍 뿌린 시미트를 굽겠네
냄새를 맡고 모여드는 고양이들을 먹이겠네
그 호기심 많은 눈을 보며 말을 걸겠네

너희는 어디서 왔고 무엇을 보았으며 어디로 갈 거냐고
갈 곳 없는 녀석에겐 내 방의 작은 구석을 내주겠네
해 질 무렵이면 고양이와 함께 흐드를르 언덕에 올라
장밋빛으로 물들어가는 하늘과 겸손한 지붕들을 바라보겠네
어둑해지는 마을로 돌아와 창가에 촛불 하나 밝히고
접시를 달그락거리며 당신과 함께 저녁을 먹겠네
당신이 잠든 사이 나는 반지를 벗어두고 골목길을 빠져나오네
등 뒤로 붉은 화염, 내 안에서 푸른 눈의 아이가 꿈틀거리네

후쿠오카 후쿠오카

– 동주에게

파란색 화살표를 따라 걸었네

개들이 어슬렁거리는 길

수선화가 피었네

동백도 까닭 없이 피었네

사람들이 꽃나무를 심고 있네

부끄러워, 부끄러워 꽃나무를 심는다네

길을 잃고 오렌지나무를 만났네

땅 위를 뒹구는 오렌지들

당신을 만나기 위해 길을 잃었네

대숲에서 까마귀들이 물었네

왜 왜 왜 왜?

이곳을 헤매고 있나

거대한 녹나무가 텅 빈 속을 보여주며

보이니? 보이니? 나처럼

삼천 년을 살면 천둥번개에도 끄떡 안 하지

썩은 속을 텅텅 비워가는 일

내장이 보이도록 투명한 햇살을 들이는 일

그 속에서 다시 잎사귀 하나 키우는 일

여기는 후쿠오카 후쿠오카

나는 당신을 잃고 푸른 잎사귀를 만났네

하늘걷기

나는 한쪽 눈이 없어요

녹내장으로 시력을 잃어가는 거라 해도
그는 눈 없는 쪽을 택했다

월화수목금이 모두 공휴일이 된 날들
날마다 조금씩 출렁거리는 길을 산책하고 돌아와
TV를 켜놓고 손톱과 발톱을 깎는다

연꽃과 연꽃 사이 텅 빈 거미줄을 건너는 거미 한 마리
먹이를 거두어들이던 눈부신 날은 잊었다

천국과 지옥의 중간쯤에서
이리 갈까 저리 갈까 간을 보는 날들
벽에 걸린 괘종시계가

저녁 일곱 시를 칠 때
굽은 어깨를 둥글게 말고
그의 눈에 한 방울의 안약을 떨구는 아내

\>

그 앙상한 무릎을 베고

늙은 집 한 채

잠이 들었다

해운대에는 갈매기가 살지 않는다

바람이 불고 파도가 너울거렸어요 연인들은 불 켜진 파라솔 안에서 사랑을 하고 애인이 없는 사람들은 삼삼오오 모여 술을 마셨지요 스물셋의 나는 맨발로 솟구쳐 오르는 파도를 노려보며 서 있었어요

당신이 내 앞에 와 섰고 나를 태운 당신은 쉬지 않고 달렸어요 자꾸만 하품이 나와요 사랑이 하품과 같다면 서른셋의 나를 쉽게 당신 것으로 만들 수도 있었겠지요 도대체 당신은 나를 어디로 데려가는 걸까요

친구들은 기타를 치고 북을 두드리며 노래를 불렀어요 우린 음악이 좋아요 여자와 소주를 마시고 있던 이국 남자가 한 번도 들어본 적 없는 샹송을 불렀어요 파도가 마흔세 개의 귀를 세우고 달려왔어요

발가락 잘린 비둘기가 절뚝거리며 다가왔어요 금세 다른 비둘기들이 모여들었지요 우리는 서로의 발가락을 잘라먹으며 무럭무럭 자랐어요 쫓겨난 갈매기들은 광안리 어디쯤에서 파도를 갉아먹고 있겠지요

>

깜박 졸다 눈 떠보니 또 한 고개를 넘고 있네요 바다는 잠
잠해졌으나 여전히 구름을 이고 있어요 새들이 갉아먹은
파도는 생크림처럼 부드러워요 새들이 떠나가고 있어요 우
여곡절의 끝인 당신도 굿바이

용길을 찾아서

나는 사랑했다
따뜻하고 외로운 등을 가진 용길을

동아리 엠티 때 산에서 쓰러진 나를
업고 내려온 그가 나귀처럼 웃었다

내가 지하다방을 싸돌아다니는 동안 그는 지하운동을 했다
맵고 서늘한 이야기들이 그에게서 흘러나왔다
조곤조곤 나긋나긋한 목소리가 눈앞에서
끌려간 후 나는 용길을 잊었다

용길을 보았다는 사람은 없었다
먼 나라로 떠났다고도 세상을 떠났다고도 했다

삶이 너 죽고 나 죽자 덤비던 날
비굴이 굴비처럼 엮이던 날
나는 스무 살의 용길을 떠올렸다

어디선가 달려와

등을 내밀어줄 것만 같은
용길을 찾고 싶었다

내가 버린 용길을
겸손한 혀와 글썽이는 눈
끝내 내 것이 될 수 없었던 용길을

성산대교 아래에서

저 사람
강가에 혼자 앉아있는

강물은 불빛을 껴안고 흐르는데
껴안을 게 아무것도 없어
강물을 내려다보는 사람

삶에게 머리끄덩이 붙잡혀 휘둘리는 날
할퀴고 짓밟혀도 말 한마디 못하는 날
심장이 터질 것 같은 날

자꾸만 들어오라고 손짓하는 강
한 발만 내딛으면 된다고
곧 끝날 거라고

저 사람에게
돌멩이 하나 쥐어주려네
강을 향해 힘껏 던지라고
강에게 침 뱉고 욕을 퍼부어주라고

눈이나 실컷 흘겨주고 돌아서라고

늦은 밤 강을 만나러 갔다가
한 사람을 숨 죽여 지켜보다가
그가 나인 것만 같아서
너인 것만 같아서

후안 호세의 마을

햇살과 구름의 마을이다
개와 노인들만 빈 마을을 서성인다
양이었다가 말이었다가
세상의 모든 계절을 담고 있는
구름들이 마을 위를 떠돌고 있다

집 앞 의자에 꼿꼿이 앉은 노인들 위로
심심한 개의 늘어진 꼬리 위로
올라, 하고 인사하면
자세 하나 흩트리지 않고
올라, 입만 달싹이는 노파 위로

저녁이면 햇살보다 투명한 구름이
홀로 된 노인 옆으로 내려와 쉬는 마을
머리 위로 새똥이 떨어져도 괜찮은
생의 마지막에 한번은 머무르고 싶은

간이역 같은 사람 하나 이 마을에 산다
순례자들을 먹여주고 재워주고 아침이면

이슬 젖은 개양귀비 붉은 꽃을 꺾어와

식탁을 꾸미는 호세가

구름과 햇살과 함께 산다

입술의 유통기한

이십육 년을 살아도 낯설기만 한 입술
봐도 봐도 오탈자가 나와요

쌈밥을 시켜 당신과 나눠 먹어요
키스 한 번에 사만 개의 박테리아를 주고받는대
당신이 웃을 때 푸른 덧니가 보여요

당신과 내가 주고받은 건 사만 번의 거짓말
개구리나 독사 같은 것들이 튀어 나오기도 했어요

온몸이 가려워요
홍콩야자나무에 붙은 진드기를 떼어
강력접착제를 만들어볼까요

붐비는 지하철을 타고 등을 맞대볼까요
당신과 나 조금은 따뜻해질까요
등 뒤로 순환열차의 문들이 열리고 닫혀요

다음 역에서 내릴게요

몸통은 여기에

팔다리는 문밖에 걸치고 서서

안녕, 당신

굴뚝론

목동 열병합발전소 앞을 지나는데
글쎄, 굴뚝이 흰 손가락 치켜든 채
하늘을 향해 뻑큐를 하는 것이었다
뻑큐가 저놈의 언어였다니
오래도록 말귀를 알아듣지 못해
안 들려 안 들려 하면
먹구름 같은 한숨을 푹푹 올려 보내더니
맨 정신으로 서 있기 힘든 날에는
불콰한 노을을 걸치고 있기도 했다
굴하지 않는 습성은 코뿔소를 닮았다
천둥과 번개에도 이를 악물고 서서
사라지는 것들의 통로를 지켰다
지하철에서 옆에 앉은 여자를 향해
손가락이나 뻗는 몹쓸 사내가 아니라
세상을 향해 가운뎃손가락 치켜세우고
옹골찬 뻑큐를 날리는 사내 하나 만나고 싶다
구멍 난 하늘에 탕탕 못질도 하고
달의 귓바퀴에 후, 입김도 불어 넣어주는
마음은 굴뚝같은, 이 아니라 마음이 굴뚝인 그런

구명환, 겨울

강물로 뛰어내리는 눈발들을 보았느냐
새들이 날아오르는 것을 지켜보았느냐
늙은 교각의 신음소리를 들었느냐
꺽꺽 우는 흰뺨검둥오리를 보았느냐
빈 낚싯대 끝에 앉은 오목눈이를 보았느냐
멈춰 있는 굴착기 사이로 해가 지고 달이 뜨는 것을 보았
느냐
밤새 강물이 꽝꽝 얼어붙는 소리를 들었느냐
재갈매기의 부리 끝에서 파닥거리는 물고기를 보았느냐
얼어붙은 강을 건너는 배고픈 토끼를 보았느냐
너를 향해 흔들던 절박한 손을 보았느냐
목숨을 삼키고 침묵하는 강에 종주먹질을 했느냐
이 땅을 떠나는 새들에게 이별의 말을 전했느냐

혹한의 겨울을 너는 왜
시리다 시리다 말 못하고
외눈 부릅뜨고 서 있느냐

Hungry Eye 2

자유로를 달렸어요 급브레이크를 밟다가 사고가 날 뻔했
어요 길가에 떨어진 이불조각이 차에 치인 짐승인 줄 알
았거든요 한 시간을 기다려 무표정한 눈빛을 가진 구매자
를 만나고 돌아오는 길 엑셀을 마구 밟고 싶었지만 구간마
다 달려 있는 카메라의 눈들이 나를 저지시켜요 삶은 어차
피 달릴 때가 있으면 멈출 때가 있는 거잖아요 옆에서 나란
히 달리는 트럭도 빈손으로 돌아가는 것 같아 자꾸만 흘깃
거렸어요 어두운 땅 밑을 헤쳐 가느라 생겨난 두더지의 억
세고 커다란 앞발*처럼 쓸쓸한 사람들이지요 구름이 하늘
을 뒤덮고 있지만 비는 내리지 않아요 왜 자꾸만 허기가 지
는 걸까요 고추장을 듬뿍 넣어 밥을 비벼 먹어야겠어요 구
름 속에서 잠든 태양을 투박한 앞발로 툭툭 흔들어 깨워야
겠어요

* 김명수 「두더지의 앞발」

퍼펙트 센스

　나도 모르게 침 흘리는 습관이 생겼다 여자 아나운서가
잘생긴 남자 게스트와 인터뷰를 하다가 침 흘리는 장면을
본 후였는지 갱년기 여자가 멋진 남자를 보아도 젖지 않는
다며 눈물 흘리는 영화를 본 후였는지

　우리는 고기 집 화장실에서
　서로의 혀를 탐색했다
　서둘러야 했다
　식기 전에
　구석구석 맛보고
　삼킬 듯이 빨아들였다
　1리터의 침이 다 말라버렸다
　어디선가 타는 냄새가 났다

만추

어린 염소가 앓고 있다
단풍이 붉게 물든
강가에서

어미 염소가 곁을 지킨다
어린것의 고개가 꺾인다
까만 똥을 쏟아내며
시들어간다

어미는 본다
바라보고만 있다
갈대도
물푸레나무도

텅 텅 텅
물수제비를 뜨며
돌멩이 하나
붉은 강을 건넌다

4부

응답하라 1980

대학졸업식 날 학교 앞에서 꽃을 팔았는데
하루 전에 사온 꽃들 그대로 남아
그 꽃들 끼고 앉아 술을 퍼마시다가
자정 넘어 집에 돌아와
아버지 앞에 무릎 꿇었는데
죄송합니다 아저씨
시든 꽃모가지를 분지르며
혀 꼬부라진 소리로 울더라고
애비를 아저씨라 부르는 딸년이 기가 막혀
채 피지도 않은 꽃이 망가졌다고
딸 하나 없는 셈 치려 했다고
나는 맹세코 아저씨라 부른 적 없다고
삼십 년이 넘은 지금까지도 우기는데
그때의 숙취가 아직까지 남아
머리가 지끈지끈 아파올 때가 있는데
어디서 누구랑 퍼마시다 이제 왔는가
팔리지 않은 꽃들아
꽃모가지들아

이마에 붉은 티까를 찍고

한 방울의 꿀을 얻기 위해 히말라야
천 길 벼랑 끝에 매달린 당신
등에 업힌 목구멍들

노를 저어 사원에 갔지요
재투성이 사두가 이마에 붉은 티까를 찍어주었어요

붉은 눈이 생겼어요, 라고 말하는 것은
애인이 생길 거예요, 만큼이나 설레는 일

허니헌터 허니헌터
한 방울의 꿀은
당신의 눈물 한 방울

외줄 그네에 매달린 당신
고층아파트 외벽에 천 개의 꽃을 그려요
눈 먼 벌들이 날아오겠지요
잠시 줄을 내려놓고 건너오세요

\>

함께 흑맥주를 마셔요

꽃무늬 접시를 꺼내고 꿀꽈배기를 준비할게요

지워진 눈을 다시 그려주세요

달콤한 인생이 펼쳐질 거예요

허니헌터 허니헌터

꿀벌의 날갯짓 소리 눈물을 말리는

374, 394

전광판에 붉은 글씨가 꺼졌다 잠시 후 작은 나무상자 두 개가 지하 2층 무연고사망자 유골함 창고로 내려갔다 그들은 이름 대신 '374' '394' 라는 번호를 갖게 되었다

부부의 주검은 부패해 있었다 가전제품은 모두 처분되었고 화학약품처리로 꽃과 나무도 말라죽었다 시신 옆에는 신분증과 시신기증서약서 오만 원짜리 지폐 열 장이 놓여 있었다 죽음에 대해 말해줄 사람이 아무도 없어 부검해야 했다 수소문 끝에 찾아낸 374의 전 부인과 아들은 장례를 거부했고 394의 아들은 오래 전 세상을 떴다 아픈 조카와 손녀를 데리고 사는 옆집 임 씨에게 394는 길에서 주워 온 은행을 손질해서 갖다 주곤 했다 임 씨가 동사무소에 가면 보조금을 받을 수 있다고 했지만 "그럼 이름이랑 가족이랑 다 밝혀야 하잖아"

먼저 내려와 있던 번호들이 엉덩이를 좁혀 자리를 내주었다 누구도 그들에게 이름과 가족을 묻지 않았다

높고 먼 당신

시베리아와 알래스카 사이 유빙의 바다를 걷고 헤엄쳐 건
넜다는 탐험대에 관한 기사를 읽다가 지구본을 가져와 짚
어봅니다 새끼손가락 하나 들어가지 않을 만큼 좁은 해협
을 만지작거리며 영하 사십 도의 얼어붙은 바다를 엉금엉
금 건너는 사람들을 상상해보다가 당신이 있는 곳으로 손
가락을 옮겨갑니다 고작 한 뼘의 길이도 안 되는 곳에 당신
이 있습니다 그런데 당신은 세상 밖에 있는 사람처럼 멀기
만 합니다 북극점보다 멀고 히말라야보다 높은 당신 양팔
을 벌리면 지구가 품안 가득 들어옵니다 유독 당신이 있는
가슴께에서 통증이 느껴집니다 엎드려 기어서라도 닿고 싶
습니다 당신과 나 사이에 놓인 얼음벽을 녹이고 싶습니다
내 가슴에 안긴 줄도 모르고 당신은 아침을 먹고 양치를 하
다가 콧등이 시큰해지는 걸 아직 봄이 멀어서라고 생각하
겠지요 별과 나 사이의 거리보다 먼 당신

능소화

뜨거운 혀를 가진 너
오늘은 말을 해 보렴

나는 목이 말라요

물속에서 숨을 참아본 적 있니?
수챗구멍에 엉킨 머리카락들처럼
어지러운 꿈을 꾼 적은?

당신을 뛰어 넘고 싶어요

동그라미는 울지 않아
돌부리가 발을 걸어 쓰러뜨리면
툭툭 털고 일어나 침 한 번 뱉어줘

당신을 사랑해요

거짓말하는 혀를 뽑아
담장에 걸어둘 거야

달리의 시계처럼 녹아내리겠지

뒤집힌 장수하늘소처럼 버둥거리며
그러고도 살아야겠다면
팔다리를 버리고 와

네 귀를 잡아당겨
웃는 토끼를 만들어줄게
놀라서 달아나는 저 토끼를 봐 하하하

개기월식

네모난 차가 빵빵거리고 있었어
길 한가운데 토끼 한 마리

우유식빵을 만들어 볼래
부풀어 오르는 빵을 뜯어먹을래
둥근 입을 오물거리며

처음엔 바퀴도 네모였을 거야
어느 날 떠돌이 뱀이 바퀴를 휘감았겠지
그 후 뱀은 둥근 바퀴가 되어
여행을 계속할 거야

신호가 바뀌고 자동차가 달려 나갔어

토끼를 집으로 데려갈 거야
식탁의 귀퉁이를 갉아먹다 잠이 들겠지
눈을 뜨면 함께 아침식사를 할 거야
계란프라이를 먹으면서 말이야

>

노른자를 다 먹을 무렵

네모난 차와 바퀴가 된 뱀은

지구의 그림자를 막 벗어나고 있겠지

시지여이숙

길고양이들 떼로 몰려다니던 어느 저녁
눈 붉은 사내와 마주쳤다
땀 냄새가 풍겼다
슬리퍼를 끌며 파란 대문으로 들어가는
사내의 입 꼬리가 올라갔다

가로등 불빛에 비친
신진여인숙

벽에 기대앉아
소주병을 기울이던 사내는
손톱으로 바닥을 긁다가 잠이 들었다

검은 연기가 솟구쳤으나
그곳에서는 아무도 나오지 않았다

까맣게 그을린
시지여이숙

>

웅성거리는 골목 끝으로

소문 한 채가 조용히 진화되었다

창백한 우울

담벼락에 전단지를 붙인다
쉽게 펄럭이고 찢어지는 생
침을 바르려다 마른침만 삼킨다

자전거 위에서
혼자 도는 바람개비

목숨을 부지하기 위해
목숨을 놓아버리기 위해
구르고 굴러도 벗어나지 못한다

발 아래 수북한 조팝꽃
두 손 가득 모아 허공에 뿌린다
밥알 대신 빗방울이 떨어진다

손 우산을 만들어 빗속을 달린다
텅 빈 마을버스가 앞지른다
종점을 향해 달려가도 다시 종점을 밀어내며 멀어지는

>

나는 어쩌면 해왕성에서 쫓겨난 사람
얼핏 뒤돌아보았을 때

창백한 푸른 점* 하나
혼자 돌고 있다

* 보이저호가 태양계 외곽에서 촬영한 지구의 모습을 칼 세이건은
'Pale blue dot' 라 불렀다.

8분

투신한 열다섯 살 소녀가 구조되었다
강물과 함께 흐르던 8분
저보다 천천히 흐르는 자동차들
처음으로 세상을 앞질렀다고 노래를 불렀을까

뒤쫓아 오던 발소리
시도 때도 없이 열리던 방문
헝클어진 머리채
뒤집힌 배

ㅇ과 ㅇ이 누워 무한대로 뻗어나가는 치욕
다리와 다리 사이 두 눈 동그랗게 뜨고 ㅇㅇ 하라고?

세상은 이런 곳이라고
너의 생에 투신하라고 강은
철썩철썩 뺨을 때렸을까

안도했을까, 이담엔
더 먼 곳을 찾아 뛰어들 거야

아랫입술을 깨물고 있었을까

불어 오른 면발을 건져 올리고
발톱을 다듬는 시간
포식자는 노래한다
다리 아래 한 소녀가 흐르고 나는 생고기를 먹는다네

슬픔도 리필이 되나요?

장례식장 옆 화장지도소매 옆 빵집

어제 죽은 이가 그토록 맡고 싶었던 냄새

어쩌면 슬픔은 화장지가 만들어낸 감정인지도 몰라

갠지스 강가에서는 꽁치 굽는 냄새가 났다

시신이 타고 있는 장작더미 옆에서

노인은 불을 쪼이고 아이는 연을 날렸다

개들은 타다 만 다리 한쪽을 물고 달아나기도 했다

조문객이 뜸한 시간

영안실 구석에 모여 앉아

빵을 오물거리는 사람들

떠나간 자가 입었던 옷과 내 옷이

강가에 나란히 누워 말라가고 있었다

또 하나의 빵이 구워지는 동안 나는

장례식장 화장실에서 화장을 고치고

옆칸의 상주에게 화장지를 돌돌 말아 건넨다

시월

잠 없는 노인들의 수다가 끊겼다

지렁이들이 휘어진 못처럼 굳었다

짧은 햇살이 이파리를 갉아먹는 동안

샐비어는 대롱 속의 꿀을 잃어갔다

전신주에 터를 마련한 까치는 자주 집을 비우고

물고기들은 따뜻한 강을 모색했다

파헤쳐진 도로에 포클레인이

흙을 파던 자세로 웅크리고 있었다

호주머니가 가벼운 사람들은 은행을 털고

강으로 내려와 구린내 나는 손을 씻었다

귀뚜라미가 울다 그쳤다

방범창에 붙어 집안을 엿보는 눈

줄넘기를 사서 부쳤다

연호는 가을무처럼 쑥쑥 자랄 것이다

해피엔딩 프로젝트

당신이 떠났습니다
세탁기 안에서 당신의 옷과 내 옷이 뒤엉키는 동안
비가 내립니다
곳곳에 밴 당신 냄새가 나를 밖으로 내몹니다
우산이 뒤집히고 나는 미끄러지고
젖은 꽃잎 하나 신발 끝에 묻어 따라옵니다

비를 맞으며 농구를 하는 남자
공은 번번이 골대를 벗어납니다
수족관 밖으로 주둥이를 내민 물고기
물 밖이 바다인 줄 아나봅니다

손가락을 베였어
당신에게서 문자가 옵니다
너 나빠, 라는 소리로 들립니다
엉킨 옷들을 털어 빨랫줄에 널 때
꿰맨 자국들 선명합니다

토마토주스 붉은 즙이 유리컵에 떠 있습니다

명쾌한 선 긋기입니다

나는 이제 삼겹살을 뒤집지 않아도 되고

당신은 돌아보지 않아도 됩니다

찬물에 밥 말아 먹는 동안

비 그치고 햇살 쨍합니다

당신과 나의 허물이 나란히 말라갑니다

어떤 울음

설날 저녁
롯데제과 앞 공중전화부스에서
한 사내가 통화 중이었다

알아듣지 못할 이국어 사이로
끅 끅
춥고 어두운 소리가 새어나왔다
아내의 불룩한 배 같은 지구 저편으로
울음이 퍼져가고 있었다

전화부스 옆 은행나무에는
줄 끊긴 가오리연이 걸려 나부끼고
두루마리 휴지는 풀어져 길가에 나뒹굴었다

사내의 젖은 뺨 위로
저녁노을이 붉게 번지고 있었다

등을 마주대고 앉아
　- 운주사 쌍배불좌상*

골짜기를 뒹굴던 돌멩이였을까
두 개의 돌로 처음 만나
등을 마주대고 앉아 같은 꿈을 꾸던 당신과 나는

등이 축축하다
도망치듯 떠나온 곳이 바로 당신의 등 뒤였구나

비바람에 눈과 코는 처음으로 돌아가고
배고픈 새가 당신의 귀를 쪼는 동안
당신은 웃기만 한다
무릎을 뚫고 제비꽃이 환하게 피어오른다

당신과 등을 대고 마주앉아
못다 꾼 꿈을 꾼다
흩어진 구름들이 가지런히 손 모으며 돌아온다

* 서로 등을 맞대고 앉아 있는 운주사의 두 석불

해 설

이인칭의 시학과 푸른 열망

김문주(문학평론가, 영남대 교수)

이인칭의 시학과 푸른 열망

김문주(문학평론가, 영남대 교수)

1.

'너' '당신' '그대' 라는 말은 주술 같은 호명이다. 이 말이 호명되는 순간, 세계는 '나' 와 '너' 로 충만한, 각별한 우주(宇宙)가 된다. 저 '宇' 와 '宙' 에 둘러쳐진 지붕은 '당신' 이 있어 비로소 가능하며, 그 지붕 아래서 '나' 와 '너' 는 때때로 1인칭의 울타리를 넘나들게 된다. 한 인간의 의식과 자기-존재감은 본질적으로 내 앞에 마주 서 있는 '너' 로 인해 생성되고 비로소 명료해진다. '나' 는 '너' 로 인해 내가 되고, '너' 를 호명하면서 '나' 는 하나의 주체가 되는 것이다. 이렇게 생성된 나의 정체성이 여러 만남과 관계 속에서 다시 재구성되고, 그러한 과정을 반복하면서 '나' 의 자기-의식은 보다 돌올해진다. 이는 내 앞에 마주 선 네가 고정된 상태가 아니라 흐르고 변하는 유동적인 존재라는 점, 게다가 나타났다가 사라지는 명멸하는 존재라는 점에서, '너'는 역설적으로 부단히 흔들리면서도 근본적으로는 동일한 '나'의 자기-정체성, 자의식을 뚜렷하게 해주는 역할을 담당하게 되는 것이다.

　시를 흔히 1인칭의 장르라고 하는 것은, 만물을 '너'로서 호명하려는 욕망이 시적인 글쓰기에 내재하고 있기 때문일 것이다. 시는 사물 세계를 자신과 유관한 존재로서 불러 세우고자 하는, 마주함의 욕망이 언어 속에서 생성되고 활성화되는 관계의 장(場)이다. 그 속에서 사물-존재로서의 '그것'은 '나'와 마주한 '너'가 되고, '너'와 접함으로써 나는 비로소 내가 된다. 그때의 '나'는 '너'에 의해서 그 존재성이 비로소 생생하게 구성되는 자각의 영토이자 경험되는 실체가 된다. 그 '나'는 지속적인 의식이 아니라 사건-체험에 의해 솟아올랐다가 소멸하는 감각에 가깝다. 그러한 점에서 시적 체험이란 불타올랐다가 스러지는 한때의 찬란(燦爛)이며, 시는 그 빛나는 순간에 대한 언어적 복원이거나 그 순간을 붙잡아두려는 소망의 산물인 셈이다. 그것은 시간 속에 명멸하는 삶을 닮았다. '나'를 뛰게 하는 모든 '너'는 필연적으로 '그것'이 될 수밖에 없다는 사실, 이는 인간 존재에 내재한 우수(憂愁)의 고갱이라 할 만하다. 시 쓰기가 본질적으로 기억과 회상을 중요한 자산으로 삼는 것 또한 자기 존재의 생생한 어떤 순간, '너'와 마주선 그 충만한 순간에 대한 연장의 욕망이 시 장르의 DNA를 이루기 때문일 것이다. 그것은 바로 나를 생기(生氣)하게 한 '너'에 대한 소환이자 부름이다.

　『사프란블루』는 관계와 교감의 열망이 생성한 이인칭의 시학이다. 이 시집은 생의 조우자들을 '당신'으로 불러 세우고자 하는 시적 주

체의 내면, 그 환대의 심정과 우수를 담고 있다. '그것'의 존재들을
'당신'으로 호명하여 마주앉은 이 세계는, 그래서 문자 그대로 친
(親)·밀(密)하다. 한효정의 시에서 자연이나 사물의 풍경, 즉 공간의
형상이 소상하게, 혹은 목적으로서 묘사되는 경우는 거의 없다. 그
녀의 시는 멀리−두루 보기보다 특정 대상에 집중하는 몰입적 성격
을 띠고 있다. TV프로그램으로 치자면, 상대역과 마주앉은 주인공
의 시선이나 내면을 다루는 드라마에 가깝다. 『사프란블루』에서 느
끼는 밀도감은, 그녀의 시적 미장센이 기본적으로 이러한 구도를 취
하고 있기 때문일 것인데, 이는 이 시집의 주요 테마를 이루고 있는
어떤 상실의 사건과 관련된 것이기도 하지만 본질적으로 세계를 대
하는 시인의 태도에서 기인한 것으로 보인다.

모스크바에서 블라디보스토크까지/꼬박 엿새가 걸린다는 시
베리아 횡단열차에/당신과 마주앉아 여행하는 꿈을 꾸네 그것
은/새벽 네 시의 별똥별처럼 차갑고 아름다운 약속/처음 만난
우리는 서먹하게 인사를 나누고/차창 속으로 비치는 서로를 훔
쳐보다가 말문을 트겠지/나는 당신 눈 속에 고독하게 들어앉은
여자를 시샘해서/종일 해바라기 씨를 우물거리는 옆자리의 러
시아 사내와/보드카를 나눠 마시기도 하겠네 (…) 어쩌면 그곳
은 우리가 시작된 곳/내 아버지의 아버지가, 당신 어머니의 어
머니가 살았던 곳/어느 생에서 자작나무와 한 송이 눈으로 만
났을지도 모르는/당신과 나는 횡단열차의 낡은 의자에 앉아/덜
컹거리며 생의 허리를 가로지르겠네/종착역은 가까워오고 우린

여전히 서로를 모르는 채

　−「시베리아 횡단열차」 부분

　'시베리아 횡단열차'의 객실을 배경으로 하고 있는 위의 작품은 한효정 시의 성격을 잘 보여준다. "꼬박 엿새가 걸린다는" 이 기차 여행에서 화자의 관심은 오직 '당신'에게 집중되어 있다. 흥미로운 것은, "새벽 네 시의 별똥별처럼 차갑고 아름다운 약속"이라고 명명한 "당신과 마주앉아" 하는 이 꿈의 여행 상대가 "처음 만난" 존재라는 사실이다. 시는 '서먹한' 당신과 점차 익숙해져가는 낭만적 꿈을 그린다. 원시 자연이 펼쳐지는 광활한 시베리아를 배경으로 하되 '당신'과 '나' 사이에 벌어지는 객실 풍경을 형상화하고 있는 이 여행은 시의 소재들이 공유하는 청신(淸新)의 이미지, 그 이미지들이 환기하는 신생(新生)의 꿈을 그린다. 두 사람을 실은 열차가 닿은 곳이 "세상에서 가장 깊고 차갑고 푸른 바이칼 호수"라는 점은, 이 여행이 의식적이고 근원적인 성격을 띠고 있음을 시사한다. 한편에서는 낯섦과 설렘이 동행하면서도 한편에서는 원초적 시간성을 동반하고 있는 여행은 이 시집을 구성하는 어떤 양면성을 노정한다. 특유의 경쾌함과 일상적 생기가 지배하고 있으면서도 어떤 우수(憂愁)를 내장하고 있는 것은 이 시집의 중요한 개성이다. 위의 시가 "내 아버지의 아버지가, 당신 어머니의 어머니가 살았던 곳"을 중요한 현재적 경유지로 설정한 것은 '서먹한 당신'과 시작된 이 여행을 오래된 생의 원형 같은 것으로 전환시켜놓는다. 그러한 점에서 "서로를 모르는 채" 종착역에 도달한다는 시의 결미는 生에 대한 시인의 인식을 반영하는 듯 보인다.

이와 같은 상이한, 혹은 상반된 정서적 자질에도 불구하고 한효정의 시를 지배하는 것은 위 시의 화자가 보여주는 것처럼 적극적으로 관계를 구성하려는 교감의 의지이다. 그것은 이 시집에 드리워진 우수의 정서보다 그 세(勢)가 강할 뿐만 아니라 넓다. 이는 한효정 시의 인식과 정서 속에서 다양한 양상으로 나타난다.

> 기생충을 가진 개구리를 잡아먹은 뱀을 잡아먹은 사람을 잡아먹은
> 기생충//간밤에 여자를 만졌을 손가락으로/담배를 빨고 있는 남자
> 옆을 지날 때/세상의 냄새들이 몰려와 코를 찌를 때/공갈빵 속에 갇
> 힌 공기방울들/압력솥 안에서 끓고 있는 쌀알들//담배를 물고 있던
> 남자와 한 이불 속에 누워있는 꿈을 꾸었다/그는 내가 사랑한 너를
> 사랑한 여자를 사랑한 남자일지도 몰라
>
> −「경칩」 부분

앞에서 『사프란블루』의 세계를 '관계와 교감의 열망이 생성한 이인칭의 시학'으로 명명하였는데, 이 '이인칭의 시학'이란 '그것'을 '당신'으로 바꾸려는 욕망이나 그렇게 호명된 '당신'을 향한 정서적 집중뿐만 아니라 사물 세계를 관계 속에 사유하는 보다 근원적인 의식이 이 시학 속에 자리하고 있음을 뜻하는 것이었다. '경칩'이라는 절기를 소재로 하여 봄의 생명력을 육체적 감수성으로 형상화한 위의 시에는, 그 생명력이 존재들을 관계 짓는 동인(動因)임을 묘파해낸다. 기생충→개구리→뱀→사람→(기생충)→여자→남자→(여

자)→너→(나)로 이어지는 상상력 속에는 세계를 끊임없이 들썩이게 하고 감각을 돌게 하는 생명력이, 존재−연관의 핵심이라는 생각이 담겨있다. 여기에는 동양의 연기론(緣起論)과는 다른 물리적 관능성이 자리하고 있다. 이 시는 관능의 주체를 존재로 세우지 않고 생명 자체의 운동으로 삼는다. 시에 따르면 생기(生氣) 자체가 생기(生起)−연관의 운동 주체이자 현상인 셈이다. 물론 이는 이론적인 것이 아니라 온전히 물질적이다. 한편으로 음란(?)해 보이는 이 내통(內通)의 욕망은, 그래서 어떤 자연(自然)의 일부처럼 느껴진다. 한효정의 시에 등장하는 이러한 관능적 자질은 시적 상상력에 국한된 것이 아니라 삶으로부터 유래한 것이어서, 보다 전면적이고 기질적이다.

꾹꾹 눌러줘라/김치도 지들끼리 몸을 비비고 있어야 정이 들어 맛이 나는 거란다//평상만한 방에서 아홉 식구가 한 이불을 덮고 자던 어린 날/밤새 칡넝쿨처럼 엉켜있던 다리들이 아침이면 한 뼘씩 자라 있었고/누가 보듬어주지 않아도 우리는/바닷가의 돌멩이들처럼 동글동글해졌다//젓갈냄새와 고기냄새가 스며든 저녁/온 식구가 둘러앉아 햇김치에 수육을 싸서 먹는다//양념에 버무려진 배추들이 몸을 비비며 서로에게 정드는 사이/맵고 짠 세상의 놀이터에서 돌아온 아들딸들이/숟가락을 부딪쳐가며 밥을 먹는다

　−「스며들다」 부분

김장을 하는 과정 중에 하신 어머니의 말씀을 빌려 표현한 시의 진술들은 『사프란블루』를 떠받치고 있는 시인의 태도와 상상력의 현실

적 거점을 드러낸다. "몸을 비비고 있어야 정이 들어 맛이 나는 거"
라는, 지극히 평범하고 상식적인 언술은 한효정 시의 생기와 개성을
구성하는 핵심 자질을 함의한 언명인 셈이다. 그것은 건강한 삶의
원리이면서 생명체를 운동하고 자라게 하는 이치이다. "아홉 식구가
한 이불을 덮고" "칡넝쿨처럼 엉켜있던 다리들"의 삶이 있어서 "우
리는 바닷가의 돌멩이들처럼 동글동글해질" 수 있었던 것이고, "숟
가락을 부딪쳐가며 밥을 먹는" 활기찬 저 생의 풍경이 가능한 것이
다. 단단하되 어울려 살아갈 수 있는 삶, 그 힘과 지혜는 "몸을 비비
며 서로에게 정드는" 관계에서, "맵고 짠 세상"을 살아낼 수 있는 기
운 역시 "숟가락을 부딪쳐가며" 먹는 밥에서 연유한 것이리라.

2.

존재에 대한 교감의 욕망, 한효정의 대부분의 시들이 이인칭의 대
명사를 호명하는 이유이다. '당신'을 상대로 한 그녀의 언술들은 시
적 공간을 '우리'의 세계로 만듦으로써 각별한 긴밀감을 조성한다.
「시베리아 횡단열차」가 광활한 벌판을 배경으로 함에도 불구하고 자
연물이나 풍경이 아닌 '당신'과 나의 관계에 집중하였던 것처럼, 그
녀의 시편들은 대개 '당신'을 향해 있다. 한효정의 시편들이 드라마
의 한 장면처럼 느껴지는 것도 이러한 이유와 관련되어 있다. 그러
나 당신도 이미 짐작할 수 있는 것처럼 진정한 교감의 욕망, 그 욕
망의 열도가 높을수록 현실 속에서, 그리고 운명적으로 실패할 수밖

에 없다. 이는 매우 오래된 문학의 주제였다. '당신'은 필연적으로 '그것'으로 돌아갈 수밖에 없으며, '당신'을 마주앉아 부를 수 있는 기간은 그리 길지 않다. 이 열망과 그 좌절이, 정념의 장르인 시가 '당신'을 자주 기억하여 호명하는 이유일 것이다.

한효정의 시에 중요한 모티프가 되고 있는 허기(虛飢)는, 이러한 교감의 욕망의 현실적 좌절, 그 결여와 결핍을 반영한다.

> 당신은 햇반을 사러 나갔어요/신호등 앞에서 기다리는 동안 /노란 원피스를 입은 여자와 눈이 마주쳤겠지요/녹색등이 켜지고 쿰쿰거리며/당신과 여자가 길을 건너요/그녀도 배가 고팠을까요/김이 모락모락 나는 밥 냄새를 혹은/따뜻한 살 냄새를 맡고 싶었을까요/강에서 헤엄치던 거위들은/어디쯤에서 목을 한껏 늘리고/뛰거나 걷고 있겠지요/어둑해지는 하늘에 고봉밥 같은 달이 떠올라요/쉴 새 없이 달려온 강물은/달을 삼키고 또 삼켜요/미루나무가 이파리를 뒤집으며/바람을 떠먹고 있어요/당신은 아직 돌아오지 않고/뱃속이 자꾸만 꾸르륵거려요
>
> ―「Hungry Eye 1」 전문

이 시는 도저한 허기를 형상화한다. 사람들뿐만 아니라 모든 사물들이 배가 고프다. 시에 등장하는 '당신'과 '노란 원피스의 여자', 그리고 당신을 기다리는 '나' 역시 모두 배가 고픈 존재이다. 물론 이들의 배고픔은 표면적으로는 육체적 허기를 가리키지만, 본질적으로는 인간관계의 결핍감을 의미한다. 그래서 "햇반을 사러 나간"

'당신'은 "노란 원피스"의 여자와 "눈이 마주친" 것이리라. "김이 모락모락 나는 밥 냄새"에 대한 욕망은 "따뜻한 살 냄새"에 대한 열망으로 환치되고, 시에 등장하는 모든 사물들의 허기로 확산된다. 녹색등은 "쿰쿰거리고" 거위들은 "목을 한껏 늘려" 뛰고, 하늘에는 "고봉밥 같은 달이 떠올라" 있다. 뿐만 아니라 더 게걸스럽게 "강물은 달을 삼키고" 미루나무는 "바람을 떠먹고 있다". 마치 좀비처럼 열렬한 허기가 사물들을 집어 삼키고 있고, 시의 감각은 모두 이 허기에 바쳐져 있다. 한효정의 시에 음식이 자주 등장하는 것이나 그의 시가 감각적인 성격을 띠고 있는 것은, 그녀의 시를 지배하는 관계의 욕망, 그것의 결핍에서 비롯한 허기와 관련된 것이다. 특기할 만한 점은, 이 도저한 욕망이 물론 '나'의 내면의 반영이지만, 동시에 존재들에 대한 시적 주체의 인식, 그 인식의 중심을 이루고 있다는 것이다.

> 오븐 속에서 빵이 부풀어 오른다//나는 빈 컵의 물을 마시고/빈 숟가락을 달그락거리고/빈 집의 먼지를 털어낸다//햇살이 바삭거리는 방에서 눈을 뜬 당신은/말랑한 빵으로 아침식사를 하고/면도자국을 쓰다듬으며 집을 나설 것이다//오븐 속 빵이 노릇하게 익어가고/햇살 부스러기가 손등을 간질일 때/당신은 메일함을 열고 있을 것이다
> ─「빵을 굽는 아침」 부분

오븐 속에서는 빵이 부풀어 오르고/지하철이 달려와 배고픈 연인

들을 쏟아놓는다/계단이 자라고 연인들이 자란다//생은 깃털처럼
날아가 버리기 쉬운 것이어서/내일이면 감쪽같이 사라질지라도/새
롭게 꽃피우려는 것들을 막을 수는 없는 일

　−「깃털 하나」 부분

　음식에 관한 소재가 한효정의 시집에 자주 등장하는 것은 지극히
자연스럽다. 욕망과 결핍, 그리고 허기, 그녀의 시를 지배하는 이러
한 정념은 기본적으로 구체적 일상에서 기원한 것이어서 물질적이고
감각적이다. 육체적 허기와 관계에서 기인한 상실감과 결핍감은 매
우 밀접하다. 음식은 사람과 더불어 감각되고 기억된다. 그래서 포
만감은 육체뿐만 아니라 정서적 영역에 걸쳐 있는 것이기도 하다.
『사프란블루』에 적잖게 다루어진 부풀어 오르는 빵의 이미지는 시인
의 욕망과 결핍, 그 상반된 정서를 함께 내재한 형상이라고 할 수 있
다. 그것은 말랑말랑하며, 밝고 환하다. 사랑하는 이와 함께 따뜻한
빵을 나누는 일은 일상에 속해 있고, 그것은 대체로 가족적 친밀감
을 경험하게 하며, 그래서 그 형상은 집이 주는 아늑함과 편안함을
연상시킨다. 한편 빵은 부풀어 오르고 촉감이 부드러워 보는 이로
하여금 행복한 포만(飽滿)의 환상을 불러일으키지만, 시간이 지나면
그러한 정서들을 걷어가 버린다. 말랑말랑하고 부푼 빵은 곧 굳어버
리고 작아진다. 빵의 이미지는 달처럼 환상적이지만, 시간을 버텨내
지 못한다.
　"오븐 속에서" "부풀어 오르는 빵"을 중요한 모티프로 삼고 있는
위의 시편들은 모두 허기와 관계를 전제로 하고 있지만, 그 양상과

인식은 상이하다. 「빵을 굽는 아침」에 형상화된 빵의 이미지는 나와 당신의 상위(相違)한 일상 위에 오버랩되어 있다. "부풀어 오르는" 빵의 이미지와 달리 "나는 빈 컵의 물을 마시고" "빈 숟가락을 달그락거리"며 "빈 집의 먼지를 털어내"고 있다. '당신'이 '나'와 다른 일상 속에 있기 때문이다. 이 작품에서 빵의 이미지는 나의 허기와 '우리'의 불화를 생생하게 부각시키는 형상으로 작용하고 있다. 반면 「깃털 하나」에서 "부풀어 오르는" 빵의 이미지는 새롭게 틔어 오르는 꽃의 형상과 겹쳐 있다. 물론 그러한 형상은 "생은 깃털처럼 가벼운 것이어서 내일이면 감쪽같이 사라질" 수 있다는 화자의 인식을 전제로 한 것이다. 전자가 도래한 현재의 상황을 적고 있다면, 후자는 그러한 부정적 현실에도 불구하고 生에 내재한 열망을 존중하고 응원하고 있는 셈이다.

그렇다면 열망과 허기가 등을 맞대고 있는 한효정의 시에서 발화되는 이러한 근원적 상실감은 어디에서 기원하는가.

한 알의 사과를 익게 하는 건/태양의 눈길과 바람의 손길//당신은 도톰하고 붉은 쪽의 사과를 나에게 건넸다//나는 같은 양의 햇살과 입김을 주지 못했다/사랑은 어느 한쪽이 기울기 마련이어서/설익은 것은 설익어서 서럽고/붉은 것은 붉어서 부끄럽다

　–「사과는 다르다」 부분

"한 알의 사과를 익게 하는 건 태양의 눈길과 바람의 손길"이다. 한 알의 사과가 온전히 익기 위해서는 눈길과 손길이 고루 닿아야 한

다. 그러나 이것은 불가능한 일, '당신'과 내가 만들어가야 할 '우리-사과'의 불균형성은 '당신'과 '나'의 '햇살'과 '입김'의 양이 다른 데서 비롯된다. 그것은 어쩔 수 없는 일이다. 이 시는 인간관계에 내재한 필연적인 비대칭성의 한계를 돌올하게 드러낸다. 한효정의 시를 지배하는 허기는 바로 이러한 관계의 비대칭성에서 기인한 것이다. 그러한 점에서 그녀의 시에 편만한 허기는 역설적으로 '당신'으로 대표되는 이인칭 세계에 대한 저버릴 수 없는 소망을 웅변해준다. 그것은 근본적인 숙명을 아는 자의 포기할 수 없는 열망이다. "설익은 것은 설익어서 서럽고 붉은 것은 붉어서 부끄럽다"는 이 시의 결미는 온전한 교감의 욕망에도 불구하고 인정할 수밖에 없는 인간적 한계에 대한 수긍이 담겨 있다. '당신'과의 깊은 교감에 대한 열망과 한시적이고 비대칭적인 관계의 숙명에 대한 인식은 한효정의 시를 구성하는 두 축이다. 그녀의 시가 보여주는 존재에 대한 깊은 연민은 인간 존재에 대한 이러한 인식에서 연유한 것이다.

당신 곁에 앉아 당신을 보는 것은/둥글어지는 몸을 지켜보는 일/당신을 어루만져 둥글게 만들고 있는/물과 불과 흙과 바람의 손//당신은 둥글어지고/또 다시 둥글어져서/정월 대보름달처럼 밝아져서/고추밭과 상추밭 사이의 이랑을/절뚝이며 걸어갈 때/오래 전 가슴에 묻은 딸의 얼굴이/반으로 갈랐던 심장뼈 사이로 파고들 때 (…) 전화벨 소리에도 깜짝깜짝/공벌레처럼 움츠러들어/또 둥글어지고, 무엇보다도/둥글어지고 싶어 하고//당신 곁에 앉아 당신을 보는 것은/당신을 자꾸만 둥글게 만드는/작고 슬픈 힘을/막을 힘이 내겐 없

어 동동거리는

　—「둥글어지다」 부분

"당신 곁에 앉아 당신을 보는 것은/둥글어지는 몸을 지켜보는 일".
한효정의 시에 묘사된 둥근 형상은 앞에서 살폈던 부풀어 오르는 빵
이나 달의 이미지를 수렴한다. 그것은 교감을 불러일으키는 행복한
포만의 형상이다. 사물 존재는 스며들면서 둥글어지고 둥글어짐으
로 인해 주위를 밝힌다. 물론 이 시의 둥근 형상에는 부풀었다 작아
지고 굳어지는 빵의 이미지와 「사과는 다르다」의 사과의 이미지, 그
속에 내재한 시간의 의미가 깃들어 있다. 그래서 "당신 곁에 앉아 당
신을 보는 것은" 세월이 깃드는 당신을 보는 일이며 "둥글어지는"
'당신'의 "몸을 지켜보는 일"이다. 시간 속에 시들고 사그라드는 것
은 모든 생명체의 숙명이다. 모든 사랑은 "부풀어 올"랐다 내려앉기
마련이고, '그것'에서 '당신'으로 옮겨온 존재는 언젠가는 '그것'
이 되어, 기억의 영역으로 밀려갈 수밖에 없다. 위 시편에 형상화된
'당신'은 "공벌레처럼 움츠러들어/또 둥글어지고" 그렇게 둥글어진
당신 속에는 "오래 전 가슴에 묻은 딸의 얼굴이" 담겨 있다. 시간은
존재를 둥글게 만드는 "물과 불과 흙과 바람의 손"이다. 그것은 피
할 수 없는 존재의 숙명인 셈이다. 그래서 "당신을 자꾸만 둥글게 만
드는" 시간과 세월의 상처를 "막을 힘이" 없어 '나'는 "동동거리는"
것이다. 이 존재들 사이의 크레바스(crevasse)야말로 한효정의 시에
형상화된 깊은 교감에 대한 열망과 슬픔의 진원이라고 할 수 있다.
한때는 내게 부풀어 오르는 사랑을 꿈꾸게 하였을 '당신'은, 이제

'나'의 바깥에서 "공벌레처럼 움츠러들어" 점점 작은 형상으로 둥글어진다. '당신'을 바라보는 화자의 안타까움과 깊은 연민 속에는 인간 존재의 숙명에 대한 시인의 깊은 우수가 내장되어 있다.

3.

시집 『사프란블루』는 관계의 열망이 봉착한 상실과 공허를 어떻게 넘어설 것인가에 관한 모색의 과정이 담겨 있다. 물론 이는 오랜 문학의 주제여서 生의 전 기간에 걸쳐 치러야 할 싸움이 될 것이다. 이번 시집은 시인의 한 세월의 내면에 대한 증명이 될 것이며, 이후 시집은 그녀의 또 다른 시간에 대한 증표가 될 것이다. 『사프란블루』는 현재의 상실감과 상처를 그간의 삶을 성찰하는 과정으로서 해소하고 있는 듯 보인다. 그 과정은 관계에 대한 존재론적 이해로 확장되기도 하지만, 본질적으로 자신의 삶을 새롭게 구성하고 스스로를 동여매는 작업으로 전개되는 듯하다. 이는 자기 生의 중심으로 육박해 들어가는 과정이면서 스스로를 기둥으로 삼아 자신을 비끄러매는 작업으로 보인다. 그것은 생의 민낯을 마주하고 자신을 수원(水源)으로 삼아 진행해야 하는 작업이다. 이번 시집에 빈번하게 등장하는 건조(乾燥)함의 이미지는 이와 관련되어 있다.

"당신과 내가 주고받은 건 사만 번의 거짓말/개구리나 독사 같은 것들이 튀어 나오기도 했어요//온몸이 가려워요"(「입술의 유통기한」)에 핍진하게 형상화된 소양증(搔痒症)은, 독소가 된 시적 주체의 고통이 존재 밖으로 배출되는 증상이다. 그것은 촉촉하고 부드러운 상태가 경화된 데서 온 것이며, 관계에서 온 상처가 주체의 몸에서 치르는 싸움의 증세이고, 분노와 불안이 만들어낸 증후이다.

　　열매의 궁극은 단단한 껍질 속에서 단 이슬을 그러모으는 시간으로 완성되지요 여기저기 튕겨나가고 흩어지는 석류 알들 내게서 튕겨나간 당신들을 주워 담지 않아요 드라이플라워처럼 건조해진 당신들은 조갈을 해소해주지 못해요 맞아요 나도 석류가 되어가고 있어요 꼭지는 말라붙고 껍질은 소가죽처럼 질겨요 더 이상 싱싱하지도 달콤하지도 않지만 마지막 알갱이 하나 과즙 한 방울까지도 스스로에게 파 먹이는 일을 포기하지 않을 거예요 최후의 그날이 오면 오늘의 석류가 더 붉고 관능적이었다고 회상하겠지요

　　―「석류를 먹으며」 부분

　한효정의 시에 출현하는 붉은 색은 현재의 고통과 상처에 대응하는 시적 주체의 태도를 상징하는 이미지이다. 여기에는 현재의 상처를 치유할 수 있는 길이 다른 존재들에서 오지 않는다는 생각이 담겨 있다. "내게서 튕겨나간 당신들을 주워 담지 않"겠다는 선언은 '나'의 조갈증을 더 이상 다른 존재들에게서 구하지 않겠다는 것, 그것은 스스로를 수원(水源)으로 삼겠다는 자립 의지의 표명이다. 이 시의 붉은 색은 스스로를 자기 삶의 연료로 삼아 독립된 존재로서의 삶을 꾸리고자 하는 시적 주체의 열망을 전시한다. "과즙 한 방울까지도 스스로에게 파 먹이는 일을 포기하지 않"겠다는 의지 속에는, 부풀어 오

르는 빵의 이미지로서 표상된 낭만적 교감의 환상이 폐기되어 있다. 여기에는 자기 생의 건조함을 그 자체로서 받아들이고 견디겠다는 견인의 의지가 내장되어 있는 것이다. 이러한 의지는 다른 시편에도 거듭해서 나타난다. "그 말랑한 속살에 불을 붙이고 싶어요//불붙은 멍게를 먹고 붉은 돌기를 가진 아기를 낳겠"(「멍게를 켜다」)다는 언술에도 자기를 열망의 거점으로 삼겠다는 의지가 담겨 있다. "말랑한 속살에" '붙은 불'은 "스스로에게 파 먹히는" '붉은 석류'와 다르지 않다. 그러한 점에서 "불붙은 멍게를 먹고" 낳겠다는 "붉은 돌기를 가진 아기"는 황폐한 외부 조건에 흔들리지 않고 그 자신의 삶을 이어가고자 하는 존재의 생에 대한 표상이라고 할 수 있다.

『사프란블루』에는 상실감과 고통을 자기 열망으로서 넘어서고자 하는 의지를 표명하는 작품들이 자주 등장하지만 이들 사이로 별처럼 빛나는 이국적인 시편들이 박혀 있다. 이 작품들은 앞에서 살펴본 열렬한 열망과는 상이한, 다소 환상적이고 평화로운 형상들을 펼쳐 보인다. 그 형상들은 이 시집에 도저하게 기록된 시적 주체의 의지가 가 닿기를 원하는 어떤 비전의 일환으로 생각된다.

포도넝쿨이 지붕을 이루는 골목길 오래된 집들 사이로/흑자줏빛 포도송이가 익어가는 그곳으로 가겠네/헐렁한 터키 셔츠를 입고 골목 안 가게들을 기웃거리다/유리를 세공하는 가늘고 긴 손가락에 반해 와인을 청하겠네/당신의 뺨이 노을빛이 되어갈 무렵/하룻밤 재워주겠느냐고 조심스럽게 묻겠네/상처한, 상처받은 사람이라면 더욱 좋겠네/나는 당신의 손을 잡고 삐걱거리는 나무계단을 올라가/

당신이 나고 자란 침대에서 당신을 품어주겠네/낙타 냄새가 나는 영
혼, 어쩌면 당신의 할아버지는/내 할아버지의 할아버지는 사하라사
막을 건너온 상인이었는지도 몰라/나는 푸른 눈알의 유리반지를 끼
고/당신의 여자가 되겠네 아침이면 마당에서/사프란 꽃잎을 뜯는
거북이를 바라보다가/햇살과 바람에 빨래가 말라가는 것을 보다가
졸다가/심심한 오후가 되면 참깨를 듬뿍 뿌린 시미트를 굽겠네/냄
새를 맡고 모여드는 고양이들을 먹이겠네/그 호기심 많은 눈을 보
며 말을 걸겠네/너희는 어디서 왔고 무엇을 보았으며 어디로 갈 거
냐고/갈 곳 없는 녀석에겐 내 방의 작은 구석을 내주겠네/해 질 무
렵이면 고양이와 함께 흐드를르 언덕에 올라/장밋빛으로 물들어가
는 하늘과 겸손한 지붕들을 바라보겠네/어둑해지는 마을로 돌아와
창가에 촛불 하나 밝히고/접시를 달그락거리며 당신과 함께 저녁을
먹겠네/당신이 잠든 사이 나는 반지를 벗어두고 골목길을 빠져나오
네/등 뒤로 붉은 화염, 내 안에서 푸른 눈의 아이가 꿈틀거리네

　　 ―「사프란블루」 전문

『사프란블루』에서 가장 아름다운 풍경을 펼쳐 보여주는 위의 시편
은, 이 시집에 편재한 붉은 색 그 너머를 그려낸다. 이 세계는 "오래
된 집들 사이로 흑자줏빛 포도송이가 익어가는" 곳이며, 경계의 울
타리와 담장이 해제된 지대(地帶)이다. 이 작품에도 '당신'이 등장하
지만 시적 주체의 시선은 여타의 시편들과 달리 '당신'에만 머물러
있지 않다. 우연히 머물게 된 집에서 화자는 여러 존재들과 교감하
지만 그 시선은 여유롭고 넉넉한데, 이는 시의 언술이 구현하는 한

없는 열림을 닮아있다. 이 시에서 우리가 느끼는 자유와 평화로움은 '당신'과 긴밀하게 교감하려는 의지로부터의 해방에서 기인한다. 어떤 존재에게도 구속되지 않은 '나'의 자유로운 시선과 행동, 그것은 그 자체로서 하나의 자연(自然)을 이루고 있다. 바라보고, 졸고, 굽고, 먹이고, 말을 건네고, 구석을 내주고, 언덕에 오르고, 다시 바라보고, 불을 밝히고, 당신과 함께 저녁을 먹는 행위들, 아니 아무런 걸림 없이 이어지는 이 시의 용언들은 그 자체로서, 이미 '사프란블루'이다.

어디선가 본 듯한 이 이국적인 세계, 그 세계를 건설하고 있는 이 말들의 평화로움은 무한한 열림으로부터 온 것이리라. 한효정의 시편들에 편재한 붉은 색, 그 너머를 이 시는 보여준다. "푸른 눈알의 유리반지", 이 순수하고 신비로운 푸른색의 형상은, 열렬한 교감의 욕망이 지배했던 시기를 청산하고자 하는 시인이 꿈꾸는 자유의 상징이다. 우리는 시의 결미에서, 이 글의 서두에서 살폈던 「시베리아 횡단열차」의 화자를 다시 생각하게 된다. "생의 허리를 가로지르며" 한 시절을 함께 했음에도 불구하고 "여전히 서로를 모르는 채" 종착역에 다 와가는 '당신'과 '나', 그 '우리'가 봉착한 현실은, 이 시에 이르러 다른 차원의 풍경으로 전환되어 있다. 신비로운 반지마저 "벗어두고 골목길을 빠져나오"는 시적 주체의 모습에서 우리는 온전한 자유의 형상을 목도한다. "붉은 화염"을 "등 뒤로" 한 이 열린 풍경 속에 "꿈틀거리는" 저 "푸른 눈의 아이"는, 독립된 주체로서 순수한 자유에 이르고자 하는 시인의 소망을 상징하는 것이리라. 그 소망은 이 시집의 끝에 실린 「등을 마주대고 앉아」가 보여주는 아름다움, 그 지극한 평화와 깊은 화해(和解)의 형상에 닿아 있다. 『사프란블루』 이후 한효정이 펼쳐 보일 시적 행보가 기대되는 것은, 바로 "당신과 등을 대고 마주앉아" 얻게 될 그녀의 "못다 꾼 꿈" 때문이리라. '나'도 "가지런히 손을 모"으고, '당신'이 "못다 꾼", 그 꿈을 기다린다.

골짜기를 뒹굴던 돌멩이였을까/두 개의 돌로 처음 만나/등을 마주 대고 앉아 같은 꿈을 꾸던 당신과 나는//등이 축축하다/도망치듯 떠 나온 곳이 바로 당신의 등 뒤였구나//비바람에 눈과 코는 처음으로 돌아가고/배고픈 새가 당신의 귀를 쪼는 동안/당신은 웃기만 한다/ 무릎을 뚫고 제비꽃이 환하게 피어오른다//당신과 등을 대고 마주 앉아/못다 꾼 꿈을 꾼다/흩어진 구름들이 가지런히 손 모으며 돌아 온다

　－「등을 마주대고 앉아」 전문